KB061586

너를 보듬고

나를 보듬고

홍림의 마음

넓고 붉은 숲이라는 중의적 의미를 담고 있는 〈홍림〉은, 세상을 향해 그리스도인들이 추구해야할 사유와 그리스도교적 행동양식의 바람직한 길을 모색하고자 노력하고 있습니다. 폭넓은 독자층을 향해 열린 시각으로 이 시대 그리스도인의 역할 고민을 감당하며, 하늘의 소망을 품고 사는 은혜 받은 '붉은 무리'紅林:홍림로서의 숲을 조성하는데 〈홍림〉이 독자 여러분과 함께하고자 합니다.

너를 보듬고
나를 보듬고

지은이 서성환

1판 1쇄 인쇄 2019년 7월 25일
1판 1쇄 발행 2019년 7월 30일

펴낸곳 홍 림
펴낸이 김은주
등록 제 312-2007-000044호17
주소 서울특별시 서대문구 거북골로14길 60
전자우편 hongrimpub@gmail.com
전화 070-4063-2617
팩스 070-7569-2617

값은 표지에 있습니다.
ISBN 978-89-6934-020 -7 (03810)

이 도서의 국립중앙도서관 출판예정도서목록(CIP)은 서지정보유통지원시스템 홈페이지(http://seoji.nl.go.kr)와 국가자료종합목록 구축시스템(http://kolis-net.nl.go.kr)에서 이용하실 수 있습니다. (CIP제어번호 : CIP2019027669)

너를 보듬고
나를 보듬고

서성환 시집

홍림

초대하는 시

너를 보듬고 나를 보듬고

몰아치는 숨가쁜 세월
바쁘고 메마른 거친 일상
잠시 쉴 틈도 없이 내돌리어
서서히 마모되다 내버려져,
흉물스레 망가진 정원처럼
허접하게 허물어진 성채처럼
자신도 아무도 알아볼 수 없는
일그러진 몰골이 섬뜩하고
아물지 않은 숨겨진 상처에
잊혀지지 않은 현재형 상흔에
위로받을 곳도 없이
시린 마음 가누어지질 않고…

부대끼고 지치고 널브러진 채
다시 무한 쳇바퀴에 실려
갈 때까지 가야 하는 고단한,
너를 보듬고 나를 보듬고

눈 맞추며 눈물 쏟으시는 주님,

이젠 그 눈물에 적셔져

하늘 아래 땅 위에

오로지 하나뿐인 단 한 번뿐인

너도 너를 보듬고

나도 나를 보듬고

마침내 서로를, 모두를 보듬는

훙그러운 아름다운 세상으로…

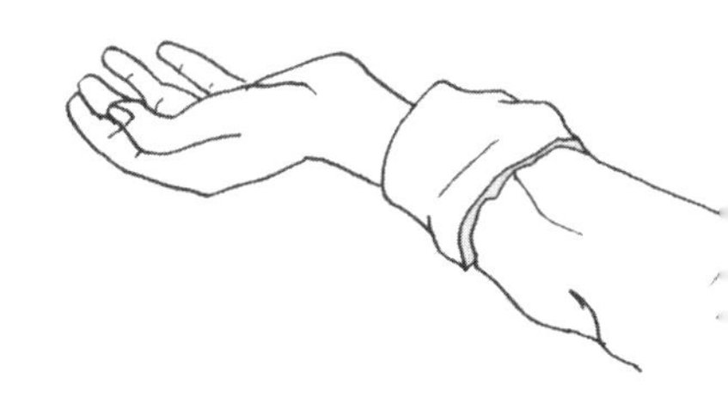

차 례

너의 사랑 하와에게
나의 사랑 하와에게

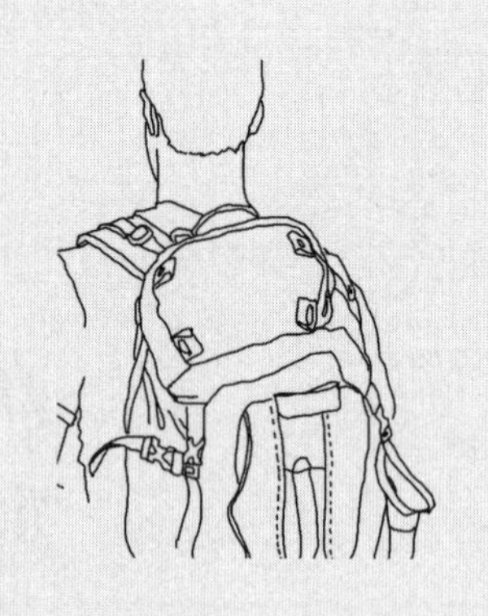

너의 사랑 아담에게

나의 사랑 아담에게

1. 마음 열고

앞만 보고 여기까지 달려왔는데
어느 날 갑자기 마음이 울컥
알 수 없는 두려움에 휩싸이고
여전히 열심히 사랑하려 하지만
어디에서도 참 위안받을 수 없네.

속절없이 속으로만 흐르는 눈물
아무래도 주체할 수 없이 흘러
답답하고 스산하고 거친 황량함
무너져도 표도 잘 나지 않는 아픔
쓰러져 널브러져 퍼지고 싶은 피로

맑은 하늘도 비 내리는 것 같고
눈서리 없어도 시리고 추운데
우리 곁에 계신 주님 안에 기대
넘쳐흐르는 눈물 그대로 두어 보라

터져 나오는 오열 내버려 두어 보라

그저 말없이 감싸 안으시는 주님
어머니 같은 넉넉한 품 안에
있는 그대로 전부를 내맡겨 보라
너를 향한 주님의 그 촉촉한 마음
온 존재를 휘감으며 성큼 다가오리.

2. 수퍼맨의 비애

점점 더, 할 수 있는 것들은 줄어들고
영감은 눈에 띠게 고갈되어만 가는데
해야 할 일, 어려운 과제는 가중돼 가고
다 할 수 있고, 해야 한다고 몰아치는데
채찍보다 무서운 책임, 달아날 곳도 없네.

이렇게 마모돼 사라질 것 같은 불안에
지난 영광에 기대어 허세로 버텨보지만
누구보다도 더는 자신을 속일 수가 없네.
더 이상 수퍼맨이 아니라는 자조 속에서
천길 벼랑 앞에 긴히 손 내밀 곳도 없네.

이제는 수퍼맨이 아니라고 주저앉아도
영원히 함께 하시겠다는 주님으로 인해
그 빛나던 수퍼맨의 아우라는 사라져도
사랑받는 사람으로서 행복은 영원하리니

주님의 손잡고 영원에 잇대어 살아가리니

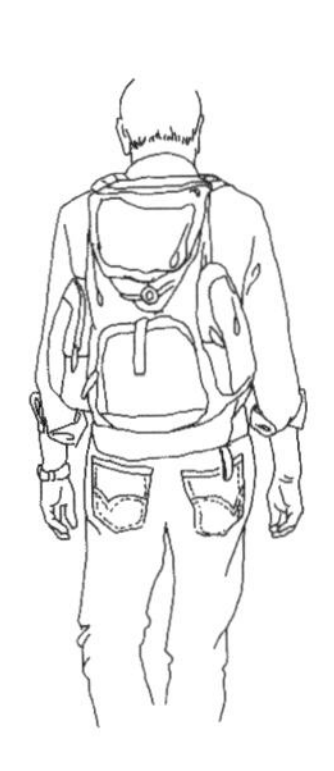

3. 헤매지 말라

참된 쉼터는
도시든 산골이든
치열한 삶의 현장이든
골방이나 무인 광야이든
오직 네 마음속에 계신
너의 주님, 한 분뿐이어늘

주님 없이는
세상 그 어디에도
네 지친 심신 내려놓을
안식처는 없는 것이거늘
그러니 진정 헤매지 말라
네 안에 계신 주님뿐이시니

4. 호주머니도 없는

손안에 가득한 열쇠 꾸러미는

권리목록인가 족쇄목록이런가

자물통이 지켜 보장해 주는 건

궁극적으로 정말 아무 것도 없는데

그리 열쇠에 매여 무엇을 하려는가?

그리 열쇠에 매여 무엇을 하려는가?

열쇠 넣을 호주머니도 없었던

주님을 따라서 열쇠 하나하나

미련없이 깊은 물에 던져버리라

빈 맘 되어 다 던져버려 빈 손 되면

지금까지 모르던 자유 만끽하리라

지금까지 모르던 자유 만끽하리라

빈손 빈 마음 주님을 의지하고

그 열쇠에 얽힌 사연 다 풀어

속 시원히 다 던져 버릴 때까지

다 던져 버린 마음으로 살아가거라

조금씩 주님이 네 안에 살아나리라

조금씩 주님이 네 안에 살아나리라

5. 실패도 품어 안는

빛나는 비전, 뭉그적거리는 현실에서
다 무너질 것 같은 실패에의 두려움,
재기할 수 없을지도 모를 막연한 불안,
마구 뒤엉켜 승리는 요원해 보이기만 하고
견디기 어려운 낙담에 절로 무릎 꿇으니

실패도 품어 안는 십자가의 엄혹함과
참담한 패배에서 꽃핀 부활의 신비에
받아들일 수 없는 좌절도 승리의 일부
두렵고 불안하고 혼란스런 자괴가 없는
그런 오롯한 승리가 세상 어디에 있으랴

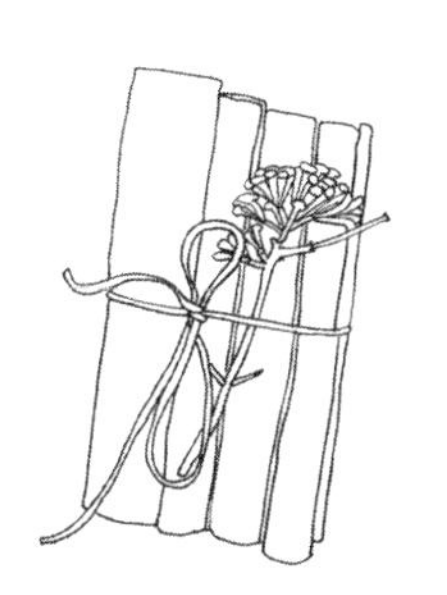

6. 그저 사랑했기에

내 작은 짐도 내게는 온 세상의 무게와 같은데
주님은 어떻게 세상 모든 짐을 홀로 지셨나요?
사랑이었겠지요? 한 사람, 풀 한포기, 물 한 방울
바람 한 자락, 흙 한 줌, 생명 있는 모든 것들과
존재하는 모든 것과 세상에서 벌어지는 현상들을
그저 사랑했기에 그렇게 온 맘으로 사랑하다 보니
그렇게 짐을 지실 수 있었던 것이 아니던가요?

적어도 내가 져야할 짐은 덜어 드리고 싶어도
내 짐 또한 주님밖에는 아무도 어찌할 수 없어
진심 죄송함과 부끄러움으로 주님만 바라보네요.
주님 사랑에 감싸여, 그 사랑으로 내 짐을 지고
그 사랑으로 남의 짐을 지고, 주님의 짐을 지고
송구함과 안타까움 속에서도 감사하며 기뻐하며
주님을 따라 종종걸음을 걷는 것이 아닐까요?

7. 말씀 따라

살아갈수록 더 진하게 갈급해지고
보이지 않는 갈등에 더 시달리며
순간순간 해일처럼 닥쳐오는 낙담에
마음은 날로 핍절해지고 황폐해지며
살아가게 하는 감동을 앗아만 가는데
같은 처지의 잔인하고 염치없는 것들은
사람의 살아가는 존재 이유와 근거까지
서슴치 않고 세차게 흔들어만 대느니

하나님께 소망을 두라는 말씀 따라
하나님의 신실하심만을 의지하면
감당하기 어려운 가혹한 현실이라도
그분의 위로의 손길이 깊이 느껴지고
전능자의 도우심이 놀랍게 다가오나니
그러면 무엇이든지 풍성한 복이 되리니
누구에게든지 넘치도록 축복하게 되리

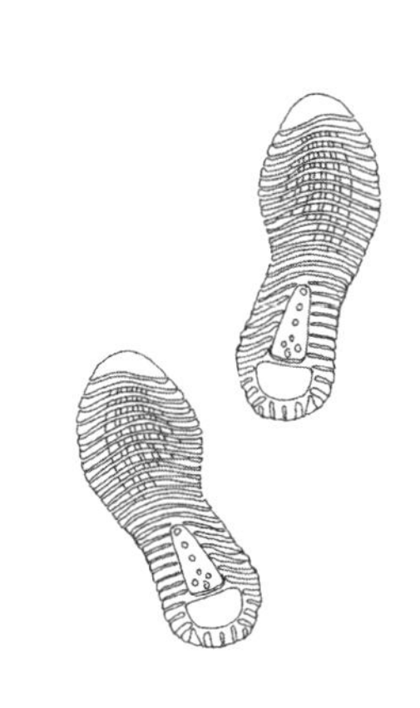

언제 어디서나 그가 살아계신 증거니

8. 오늘을

주님이 함께하는 오늘은
은총이 평강으로 내려지는 날
오늘을 기뻐하고 자축하라

주님이 함께하는 오늘은
비전이 실천으로 펼쳐지는 날
오늘을 감격하고 헌신하라

주님이 함께하는 오늘은
패배도 축복으로 느껴지는 날
오늘을 환호하며 승리하라

주님이 함께하는 오늘은
죽음도 영생으로 이어지는 날
오늘을 감사하고 성실하라

주님이 함께하는 오늘은

은총이 숨결처럼 다가오는 날

오늘을 음미하며 사랑하라

9. 있는 자리에서

때론 꽉 막힌 답답한 도시를 떠난 새가 되어
날아오르지 못한 모든 꿈을 해방시키고 싶고
때론 올무 같은 구석진 좁은 포구를 벗어나
대양의 파도를 헤쳐 세상 끝까지 가고 싶고
때론 일상을 훌훌 털고 저 높은 산에 올라
구름, 바람, 비와 같이 천지를 안고 싶어도
어찌할 수 없는 것들에 매이고 얽히고 살아
족쇄 찬 사람들처럼 뭉그적거리고만 있느니

주님 안에서 눈 감아 새가 되어 훨훨 날아올라
한 번도 이루지 못한 그 꿈의 세상에 이르고
주님 안에서 손잡고 용기에 지혜를 더하여
험한 파도를 타고 소원의 항구로 나아가고
주님 안에서 머물러 사랑의 품을 넉넉히 해
더 낮은 자리로 내려가 세상을 품어 섬기고
있는 자리에서 함께하며 자유하라 행복하라

있는 자리에서 자족하며 섬기어라 사랑하라

10. 새삼

어느 날 죽음이 가까이 와서

야릇한 미소를 짓는다 해도

늘 함께하던 오랜 친구이니

새삼 겁먹고 당황하지 마라

낡은 것들의 마감이 없이는

새 생명의 부활도 열리지 않으니

더 힘써 주님 안에 머무르라

주님 안에서 죽음을 대면하면

지금까지 비밀로 닫혀 있던

새로운 세상 금새 다가오고

오늘에 미리 살아보게 되니

주위에 널려 있는 죽음에서

놀라운 새 은혜를 힘입게 되리라

영생이 그리 진정 누려지리라

11. 조금은 더

주님, 내가 사라진 세상은
정말로 어떠한 모습일까요
그렇지요 내가 없는 세상도
주님 다시 오실 때까지는
지지고 볶고 여전하겠지요

주님, 내가 살아 있는 동안
그래도 내가 세상에 있어
세상이 조금은 더 밝아지고
조금은 더 맛깔스러워지고
조금은 더 아름답게 해 주세요

주님, 내게 남겨진 시간에
나를 좀 더 밝고 맛깔나고
더 아름답게 이끌어 주세요
내 뒤에 남겨진 사람들도

그리 살다 만나게 해 주세요

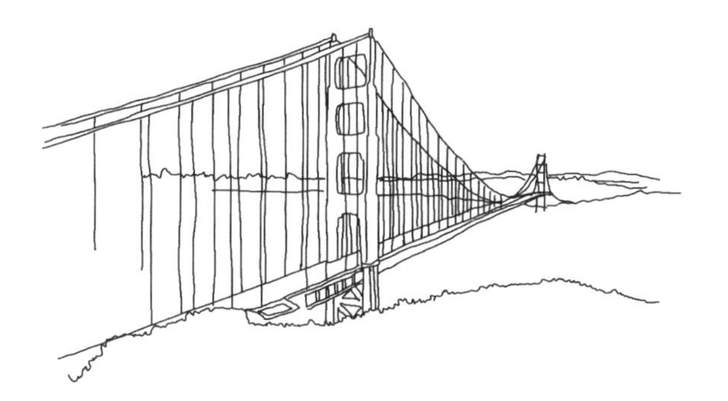

12. 더 기대되는

우리 인생에 목메어 그리운 건 주님의 평화

우리 세상에 가장 모자라는 건 주님의 평화

만물이 주님으로 말미암아 저마다 새로워져

서로 사랑하며 함께 사는 생명 평화의 세상

주님이 꿈꾸시던 하늘 땅 사람 평화의 세상

주님이 우리 모두에게 주시는 평화의 세상

무한 경쟁이 아닌 섬김이 모두에게 생명 평화

정죄보단 피 흘린 용서가 누구게나 화해 평화

탐욕보단 나눔 속에 꽃피는 찬란한 변혁 평화

관용과 인내로 뿌리 내리는 따뜻한 긍휼 평화

시간의 굴레를 벗겨 버리는 기막힌 영생 평화

주님 안에 언제나 새롭고도 오래된 미래 평화

주님이 우리 안에 우리가 주님 안에 머무르고

우리가 만물 안에 만물이 우리 안에 거하여서

서로의 존재에 참여하는 아름답고 복된 영생

시간과 영원이 어울리어 열리는 영생의 기쁨

주님의 평화로 주어지는 귀하고도 벅찬 행복

이제 보다 앞으로가 더 기대되는 모두의 소망

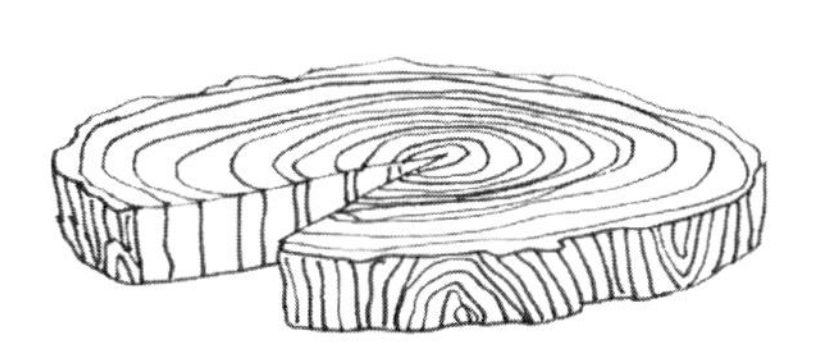

13. 머뭇거리며

나이 들며 살아가다보면 세상 진실도 좀 보이고
거룩한 분노가 막 끓어올라 세상을 한 번 뒤집어
사람이 사람답게 살 만한 세상을 만들고 싶다가도
힘도 없고 진흙탕 싸움에 발 들여놓기도 두려워
하늘시민의 빛난 꿈과 소시민의 무기력 사이에서
뜻 없이 머뭇거리며 지질러 앉아 세월만 가느니

아무 것도 할 수 없는 때가 도적같이 이르기 전에
자기를 내어주어 다 이루신 주님을 따라야 하리니
실패의 부담과 두려움을 털고 주님과 함께 일어나
성패를 넘어 당당하게 주님의 길을 따라가야 하리
머뭇머뭇 무엇도 하지 않는 것보다는 칭찬 받으리
주님께서는 언제나 우리와 함께 우리 안에 계시리

14. 춤추지 마라

온통 욕망 덩어리로 거리를 헤집고

뒤질세라 현기증 나게 더 질주하며

속도와 정욕과 풍요의 수렁에 빠져

숨차 허우적거리는 문명에 길들여져

헐값에 영혼까지 팔아 편리를 사는

더 할 수 없이 탐욕스런 내 삶이여

함께 휩쓸린 영악스런 우리 삶이여

호랑이 등에 올라탄 사람 내릴 수 없듯

광란 질주에 뒤지면 죽을 것 같아

안간힘으로 버텨보려 기써 보지만

어느덧 뒤좇는 세대의 표적이 되고

밀리고 밀려 벼랑 끝에 버둥거리는

더 지킬 수 없는 서글픈 내 삶이여

치유되지 않는 괴로운 우리 삶이여

더 이상 탐욕에 속아 춤추지 마라
성공과 출세와 안락, 지배와 소유와
위장 거룩과 거짓 신비를 위해서든
치졸하고 하찮은 승부의 이름으로든
더 추한 탐욕에 결단코 목매지 마라
오직 꼭 있어야할 것만 있게 하시는
우리 주님과 함께 기뻐 춤출지어다

15. 아무리 힘겨워도

생활에 지치고 넘어져 심란스러울 때에는
아스라이 멀어져 이젠 실체조차 불분명한
옛사랑의 흔적에라도 무작정 기대고 싶고
아름답게 박제된 추억이 새삼 그리워지고
현실은 그저 짜증스럽고 역겹게만 보여서
주변 사람들을 괴롭히고 실망하게 하느니

지나간 세월은 거쳐간 대로 그대로 두라
상처뿐인 세월이든 영광스러운 세월이든
지난 세월에 더 이상 슬피 휘둘리지 마라
힘든 오늘도 세월 흐르면 전설이 되리니
아무리 힘겨워도 오늘을 아름답게 보라
영원한 현재이신 곁에 계신 주님과 함께

16. 통과의례

익숙한 것들이 갑자기 이유도 없이 낯설어지면
더 새롭고 경이론 세상이 시작되고 있다는 것
친근한 사람이 자기도 모르게 멀리만 느껴지면
더 깊고도 온전한 관계가 형성돼 가고 있는 것
산 같은 확신 사라지고 밑 모를 회의 밀려오면
더 올곧고 풍성한 신앙이 홀연 열리고 있는 것

우리 인생이 더 온전하고 풍성하게 되는 데는
받아들이기 어려운 그러한 통과의례도 있는 법
우리를 이끌어 가시는 주님의 비밀스런 사랑이
생각 못한 낯선 모습으로 불편하게도 임하는데
전에 모르던 은총이 어렵사리 통째로 다가오면
여유와 미소로, 감사와 즐거움으로 맞이하시라

17. 조바심

한가로운 시간에 심하게도 뒤틀려버린
잘난 인생 계획표를 물끄러미 바라보며
터져 나오는 한숨을 힘겹게 억누르고
정말 인생 후반전이 있기는 있는 걸까
그때는 후회 없이 더 잘할 수 있을까
확답 없는 자문은 길어만 가고 있는데

간간이 들리는 지인들의 큰 성공담은
더욱 초조한 마음을 은밀히 부추기고
막차까지 놓칠 것 같은 심한 조바심에
남몰래 매일 밤잠 설치며 고민하는데
정말 근심치 말라 매양 흔들리지 마라
인생은 짜 논 계획대로만 되지 않으니

지금까지 살아온 것도 은총의 작품이니
인생 후반전도, 그 막차도 없다고 해도

여기까지만으로도 흡족히 여기시나니

필요할 땐 새로운 은총으로 이끄시리니

아무 염려 말고 주님 기뻐하시는 대로

지금처럼 따라가기만 하면 되는 것이니

18. 불혹과 지천명

사십이 되었다고 흔들리지 않는 건 아니다
그 나이가 들면 그래야 한다는 당위일 뿐,
자존심이 상해 솔직히 드러내지도 못하고
나이 들어서 더 심하게 요동하기도 하느니

오십이라고 하늘의 뜻을 다 아는 건 아니다
그 나이가 되면 그래야 한다는 마음일 뿐,
하늘도 모르는데 어찌 그 뜻까지 알겠는가
나이 먹으며 무식한 고집만 늘기도 하느니

흔들리지 않고, 하늘 뜻에 순복하는 소망은
나이 따라 절로 그리 되어지는 것은 아니니
주님만이 반석이시니 주님만이 하늘이시니
정직하게 주님 안에 서고 대면해야 하리니

19. 늙는 고마움

늘 청춘인 줄 알았더니 어느덧 눈가 주름 늘고
귀 밑엔 희 터럭이며 몸과 마음은 따로 논다오
지금도 마음은 청춘인데 싱싱 청년 당할 길 없고
아무리 뜨겁다 해도 이제는 지는 해 석양볕이요

그래도 아쉬움보단 소담스런 고마움이 앞선다오
서로를 보듬으며 함께 닮아가는 사람들 있으니
늙는 것도 기쁨이고 나이 먹는 것도 즐거움이오
주님 안에서 서로 세워가는 감사함이 가득하다오

더욱이 인생의 열정은 언제나 간직하고 싶다오
힘으로는 못해도 정한 눈빛은 어쩌지 못한다오
눈빛 아니면 지혜로라도 잇고 싶은 열정이라오
주님 향한 단심으로 늙어가니 고마울 뿐이라오

오랜 세월을 이겨낸 고목의 자랑스러움과 같이

늙는 즐거움에 그저 좋고 더 없이 평안하다오

꽃과 열매가 더 있든 없든 그게 뭐 대수이겠소

주님의 기쁨 되니 여기까지만으로 넉넉하다오

20. 설레는

사랑하는 주님,
주님 만날 걸 생각만 해도 감격이에요
그 날 거기서 주님을 영원히 만날 때는
사랑하는 주님으로만 만나는 거겠지요
더 이상 다른 호칭은 필요가 없겠지요
오직 사랑만이 온전히 남는 것이니까요

사랑하는 주님,
사모하며 기다리기만 해도 설레게 되요
만나는 그 날엔 부끄러움 하나도 없게
모든 준비 꼼꼼히 잘하게 이끌어 주세요
사랑하는 뜨거운 마음으로 모두와 함께
오늘을 멋지고 신실하게 살게 해 주세요

사랑하는 주님,
설레는 만남 미리 맛보는 건 기쁨이에요

온 마음, 정성, 힘을 다하여서 사랑하며

주위 사람들을 겸손히 섬기게 해 주세요

주님을 만날 때 피하거나 낯설지 않도록

하나님나라에 힘써 충성하게 도와주세요

21. 아내에게

꽃 가꾸는 당신은 언제나 꽃보다 아름답다오
살림하는 당신 모습엔 창조사역이 엿보인다오
주님이 계셔 만물이 제자리를 찾고 빛이 나듯
당신이 내게 있어 모든 게 빛나고 아름답다오
당신으로 인해 주님이 홀로 찬양을 받으시고
당신 또한 세상에 우뚝 세워져야 마땅하다오

내가 힘든 건 당신 상처를 감싸지 못한 때문
내가 외로운 건 당신 슬픔에 동참 못한 때문
내가 알 수 없는 짜증과 괴팍에 시달리는 건
당신의 아무도 모르는 고통을 외면하기 때문
당신으로 인해 진솔한 참회, 무한용서 배우니
당신은 주님 위로와 칭찬을 받아 마땅하다오

우리 사랑 시들어 보여도 은은한 사랑 향기는
서로 살아가게 하는 주님의 특별한 축복이라오

세월 흘러 우리 언약 바래지고 사라진 듯해도
이젠 사랑의 언약을 할 필요도 없게 되었다오
당신으로 주님을 향한 새 믿음과 소망 열리고
당신은 세상에 기쁨의 표징이 되어 마땅하다오

주님 계셔 내가 있듯 주님 계셔 우리가 있다오
주님 긍휼로 살 듯 당신 사랑으로 내가 산다오
주님 안에서 당신이 나요 당연히 내가 당신이요
그려요 서로 안에 서로를 발견하는 축복이라오
당신으로 인해 하나됨의 신비가 차오르게 되니
당신은 온 세상의 복과 사랑 받아 마땅하다오

22. 감사 편지

두 분이 나의 어버이이신 건 나에게 베푸신
하나님 아버지의 아주 특별한 은총이었어요
두 분은 그저 평범한 이 땅의 어버이이셨지만
내겐 계시같이 유일한 특별하신 두 분이셨지요
그 특별함을 용납하기가 때로 버겁기도 했어요
이제 두 분의 여러 한계와 실수와 아픔까지도
세상에 하나뿐인 사랑이란 걸 느낄 수 있어요
그런 특별함은 이젠 세상 어디에도 없다는 걸
언제 어디에 어떻게 계셔도 주님 안에 계시니
주님과 함께 영원을 영생으로 사시는 거겠지요
주님 안에서 깨닫는 두 분의 크나큰 그 사랑
마음 다해 외쳐 감사해요, 행복해요, 사랑해요

너희가 나의 아들들인 것도 내게 베풀어 주신
하나님 아버지의 아주 특별한 은총이었더구나
남들 보기엔 세상 많은 사람 중 하나이겠지만

너희들은 하나뿐인 내 기쁨, 사랑, 감사이구나

비록 너희들에게 자랑스런 애비는 아니었어도

너희를 사랑하고 너희들의 사랑이고 싶었구나

이제 너희는 내게 은총이라고 말할 수 있구나

부디 내 어리석고 완고함을 용서하고 용납하라

너희가 장차 무엇이던 주님 안에 있기만 하면

나는 더 바랄 것 없이 그 하나면 충분하겠구나

주님 안에서 영원한 나의 너희, 너희 사랑 애비

크게 세상에 외쳐 감사하다 행복하다 사랑한다

23. 약 속

나를 만났던 모든 이들에게
우선은 용서를 빌고 싶어요
또한 감사를 드리고 싶어요
당신이 있어 오늘 내가 있고
여러분의 긍휼한 용서가 있어
지금 내가 세상 출입을 하고
여러분의 수고로운 사랑으로
내 삶이 빛나고 아름다웠어요

보답할 게 아무 것도 없어
너무나 미안하고 죄송해요
그저 좀 더 기도하고 섬기고
사랑하겠다고 말하고 싶어요
연약한 작고 적은 정성이지만
받아달라고 간청하고 싶어요
모자라고 미숙한 사랑이지만
여러분을 더 빛내주고 싶어요

우리들을 하나이게 하시는

주님 안에서 주님의 이름으로

온 마음을 다해 약속드려요

신실하게 사랑하며 살겠어요

약속만으로 작은 위안이 되고

편한 기쁨이 되길 바라겠어요

약속대로 살아 그날 얼싸안고

함께 기뻐하며 춤추고 싶어요

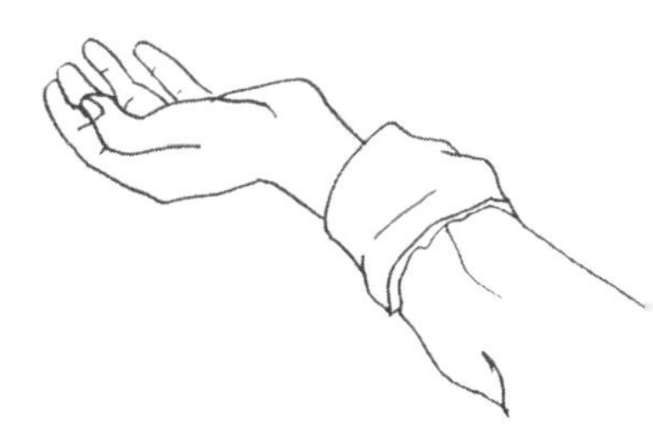

24. 영광과 축복

정말로 아무 것도 없는 듯했는데
생명 환희, 새순으로 싹트게 됐을 때,
아름다운 세상에 너무나도 기뻤었다오
힘껏 빨아올린 흙속의 물과 영양으로
줄기 더 튼실해지고 잎새 더 무성해질 때
세상은 살 만한 벅찬 감동으로 가득했다오
할 수 있는 최선의 정성으로 꽃 피우고
세대를 이어가게 열매를 맺게 되었을 때
세상에 외치고 싶을 만큼 내심 대견했다오

하지만 모질고 거친 풍상에 시달려
가지 찢어지는 아픔을 견뎌내야 했고
병들어 베여 버림당할 뻔도 하였다오
독초들이 뱉어내는 독기에 실신도 하고
기생하는 해충들의 집요한 갉고 씹음에
너무 괴로워 사는 걸 포기할 뻔 하였다오

선점한 거목들의 위용에 눌리고 가리며
존재하는 모든 것들과 영역과 자리다툼에
낙담과 피곤에 지쳐 쓰러질 뻔도 하였다오

이제 태어나고 자라고 열매 맺으며
온갖 시련에도 자리 지키게 한 은혜로
편한 미소로 온 존재 감싸게 되었다오
하늘과 땅, 구름과 바람, 홍수와 가뭄,
눈과 서리, 어려운 모든 환경과 여건까지
미처 몰랐던 주님의 손길임을 깨달았다오
늘 함께해 주시는 우리 주님으로 인해
결단코 혼자가 아닌 함께의 삶을 배워가고
자기를 내어 준 낮아지는 행복을 알았다오

살아 천년, 죽어 천년의 삶을 넘어
살아 영생, 죽어 영생의 삶을 누리며
이제 존재함만으로도 기쁨이 되었다오
그 오랜 세월, 길이 참고 기다리시며
때마다 일마다 넘치는 은총을 부어주신
주님께만 영광, 온 존재들에 감사한다오
항상 주님을 만나는 신령한 복을 받들고

두 팔 벌려 가장 정갈한 마음과 믿음으로

모든 존재에게 마음 다해 축복하게 된다오

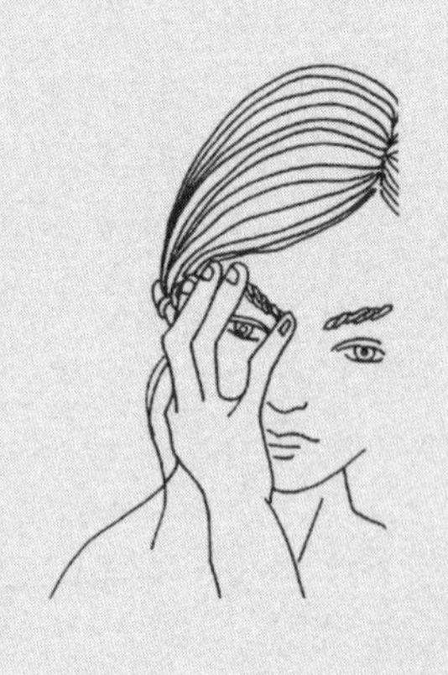

너의 사랑 하와에게

나의 사랑 하와에게

1. 거울 앞에서

순진한 어릴 땐 거울 앞에서
누구나 제일 고운 꿈을 꾸지
뜨거운 청춘 땐 거울 앞에서
운명적 사랑을 그리며 기다리지
이즈음도 언뜻언뜻 꿈도 보이고
가끔은 상상 사랑에 설레이지만
오히려 행복을 더 소망하게 되지

근데 나이든 이즘 거울 속엔
닮고 싶은 고운 모습은 없고
어쩌면 스스로도 싫고 낯설어
낙망되고 짜증스럽기도 하는데
아 그런 얼굴, 그런 마음까지도
미소로 바라보시는 주님으로 인해
조금씩 행복에 더 익숙하게 되지

2. 그 분 없인

불볕 쏟아지는 가물은 한낮에는
바랄 수 없는 한줄기 소나기보단
손에 들린 양산이 더 요긴하지
삭풍 몰아치는 저무는 광야에선
찾기 어려운 뜨끈한 아랫목보단
배낭 속 방한복이 더 유용하지

나이 들며 사람살이 무게에 치여
무언가가 무너져서 헐떡일 때는,
멀리 느껴지는 완전한 주님보단
내 아픔 알아주고 감싸주는 내편,
나와 같이 힘겹고 아픈 그이들이
더욱 살갑고 위로되고 힘이 되지

그이들 다 내 곁에만 있어준대도,
아무리 날 알아주고 안아준대도,

주님 없이는 그이들도 그 무엇도

마침내는 서로에게 낯설 뿐이지

주님 없이는 그이들도 그 무엇도

정녕 하나로 만날 수 없는 거지

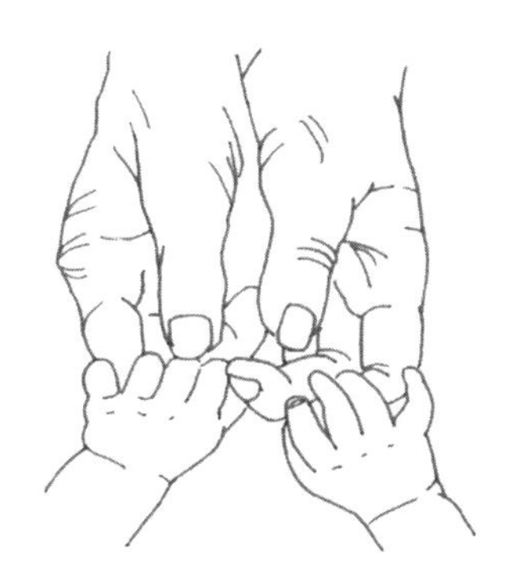

3. 문 득

항상 거기 있어 말을 거는 산처럼
늘 거기 있을 법한 정든 사람들이
뭔가 이상해 어느 날 문득 돌아보면
다시 볼 수 없는 곳으로 가버렸고,
언제나 거기 있는 은은한 별처럼
항상 발걸음을 비춰주던 사람들이
일상에 몰입돼 잠시 한눈판 사이
무언가에 속절없이 훌쩍 스러지고

스산한 마음 만져 세울 길도 없고
쓸쓸한 마음 풀어 놓을 곳도 없고
힘든 마음 누구 알아줄 이도 없어
자주 자주 주위를 두리번거리는데,
언제나 내 생명 안에 계시는 주님
변함없이 거기 계시는 영원한 주님
정든 사람들, 빛된 사람들과 함께

어느새 나의 마음 만져 다독이시고

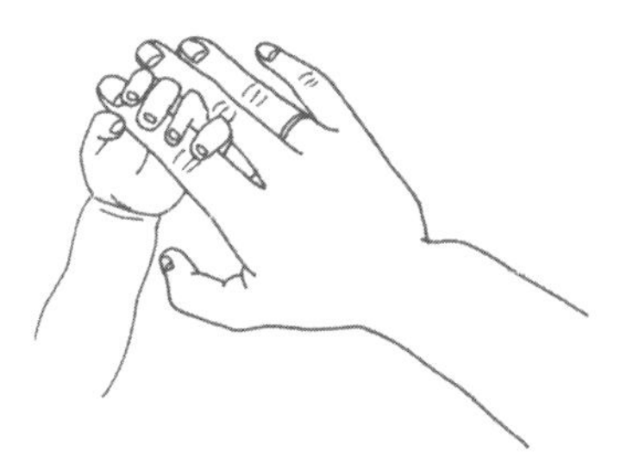

4. 오래된 그늘

돌아보며 생각해 보니 정녕 그러네요.
늘 그늘에서 숨겨진 그늘로 살았네요.
그림자도 없는 그늘에서만 살다보니
왠지 사는 게 사는 것 같지가 않아요
가끔 어릴 때처럼 양지에도 서 보지만
이젠 익숙하지도 않고 무언가 불편해요

오랜 그늘은 천성처럼 심히 굳어지고
어이없게 운명이라 치부하게 되네요
억압당하는지도 모르게 살아온 세월이
한과 무기력으로 그렇게 키웠나 봐요
이젠 빛 속에서 빛으로 당당하게 살아
그늘을 이겨 꼭 아름답게 살고 싶어요

회전하는 그림자도 없는 주님과 함께
그늘에 매이지 않는 삶을 살고 싶어요

우리를 빛으로 살게 그늘을 제거하신

빛이신 주님께 좀 더 다가가고 싶어요

진정 세상의 빛이신 주님 안에 머물러

어디서든 진정 자유하며 살고 싶어요

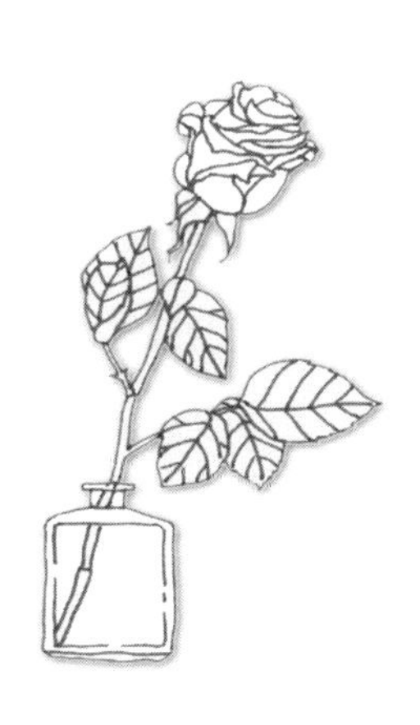

5. 내 이름

그래 이를테면 단 한순간만이라도
나 자신 이름으로 나를 불러보고 싶어
단 한 번만이라도 나의 나됨 이름으로
그 내 이름으로 모두에게 불리고 싶어

나 자신 아닌 다른 이름으로 불리던
그 아련한 세월을 단번에 뛰어넘어서
성씨도 안 붙은, 주님 그냥 부르시는
본래 나를, 내 이름으로 되찾고 싶어

주님이 있는 그대로의 나를 부르시듯
나도 그 이름으로 마음껏 나를 부르고
주님이 만물 중에서 나를 불러주시듯
모두에게 그 내 이름으로 불리고 싶어

너무나도 오랫동안 까맣게 잊혀지고

스스로도 챙기지 않고 잊고 살았던

나를 나로 정성을 다해 꼭 보듬어서

정녕 하늘댁, 누구로 세워지고 싶어

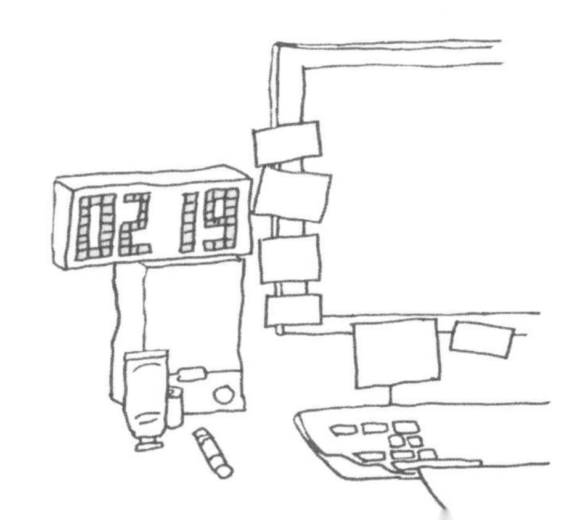

6. 치명적인

도저히 잊어버릴 수가 없는 감동
어찌해도 거부할 수가 없는 감격
나를 나 되게 하고 살아가게 하는
존재의 샘, 삶의 근원 같은 기쁨

쓸쓸한 날의 이 위로를 아시나요?
패배한 날의 이 전율을 느끼나요?
열을 잃었어도 전부인 하나를 찾은
이 깊고 놀라운 기쁨을 만났나요?

승패가 불분명한 지리멸렬한 일상
엄습해오는 박탈감 불안감 피로감
하지만 든든한 등에 업혀져 있기에
마구 솟구치는 치명적인 이 기쁨

7. 꿈 앓이

자라지 못한 안타깝기만한 꿈들
이루지 못한 아름답기만한 비전
꿈만큼 비전만큼 성숙 못한 인생
다 포기하게 스멀스멀 빠져드는
씁쓸하고도 아릿한 아픔과 아쉬움

정성껏 이리한 일도 저리한 일도
아무래도 후회스럽기는 마찬가지
생각 없이 머물러 있을 수도 없고
다시 시작하려니 두렵기만 하여서
용기도 낼 수 없는 무력한 열패감

홀로 힘들어 하다 언뜻 돌아보니
꿈 성취보다 근원으로 이끄시는
주님의 손에 붙잡혀 있는 놀라움
꿈 앓이도 은총임을 깨달아가는

비전의 실현보다 소중한 이 평안

8. 얼 굴

몇 살 때든가 어릴 적 엄마 화장품 몰래 바르고
엉망이 된 얼굴로 홀로 신나했던 걸 기억해보면
화장은 그냥 호기심이 아니라 여자의 본능 같어

젊음 하나로 아무것도 보탤 것 없는 청춘 때도
화장이다 성형이다 그리 몰두하는 걸 헤아려보면
그건 사회적 얼굴로 강요된 여성 억압 기제 같어

나이 들어가며 점점 매사에 자신을 잃어갈 때면
피부다 몸매다 집착하다 서글피 포기해버리는데
외모는 스스로 갇히는 피하기 어려운 운명 같어

진실로 보여줄 수 있는 게 얼굴뿐이어서인가?
잃어버린 내 본연의 얼굴 주님은 기억하실 텐데
내게도 낯선 나의 본얼굴 어디서 찾을 것 같어?

9. 알파와 오메가

오늘의 하늘이, 그려 어제의 하늘이 아니듯
내일의 우리도, 정말 오늘의 우리가 아니니
관계도 꿈도 사랑도 항상 새롭고 낯선 건데
배신당한 슬픔, 억울한 오해, 답답한 소통도
서로 입장과 속도가 맞지 않아 그런 것이니

오늘과 어제의 하늘이 같지 아니하다 해도
내일과 오늘의 우리가 같지 아니하다 해도
관계도 꿈도 사랑도 늘 같은 것은 아니어서
물결처럼 바람처럼 홀연 사라져버린다 해도
변함없이 하늘은 하늘이고 사람은 사람이니

늘상 변하는 것 속에 영원히 변치 않는 것
영원히 변치 않는 것 안에 늘상 변하는 것
알파와 오메가 그 처음과 끝이신 전능하신,
어제나 오늘이나 영원히 동일한 주님께 잇대

온갖 허무가 기쁨이 되는 신비가 펼쳐지니

10. 우울의 사냥꾼

어쩌면 내가 정녕 내가 아닌 것 같고
내 일이 진정으로 내 일 같지도 않고
어찌하든 아무것도 하고 싶지 않고
무엇보다 무엇도 할 수 없을 것 같고
예고없이 불쑥 찾아온 칙칙한 속앓이
누가 알까 혼자 끌어안고 끙끙이다가
둑이 한꺼번에 터져 봇물에 휩쓸리듯
결코 빠져나올 수 없이 허우적거리는
너무나 참담히 허물어진 우울한 몰골

텅 빈 광야에 홀로 내버려진 당혹감
이젠 쓸모없어져 폐기된 듯한 낭패감
누구도 아무도 알아주지 않는 야속함
정말 설명하기 어려운 미묘한 야릇함
짐작 못할 고통의 심연에 찾아오셔서
친히 손잡아 주면서 토닥이시는 주님

담담히 아무것도 요구하지 않으시고

눈으로 “내가 너를 안다” 말씀하시며

보듬어 안는 우울의 사냥꾼 우리 주님

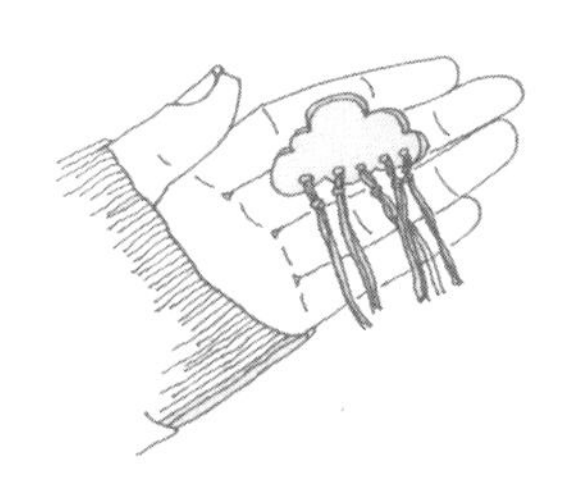

11. 보듬고

사람이 싫어 돌아앉은 어느 홀로 있는 밤에
비난받아 곤죽이 되고 큰 상처받아 쓰러지고
처절하게 실패하고 지쳐 널브러져 있는 나를
넓은 품안에 보듬고 다독이는 주님을 보았지

그래 나도 자책으로 다 무너진 나를 보듬고
주님처럼 마음을 다해 위로하고 격려하면서
주님 보시는 대로 나를 받아들여 다독이었지
다시 주님 품으신 대로 사람들을 바라보았지

세상이 갑자기 환해지고 눈길 부드러워지고
갈증에 생수를 얻듯 사람이 사랑스러워지고
거친 강퍅한 마음에 잔잔한 미소가 돌아오고
살아있는 만물, 만사가 눈물겹게 좋아지더군

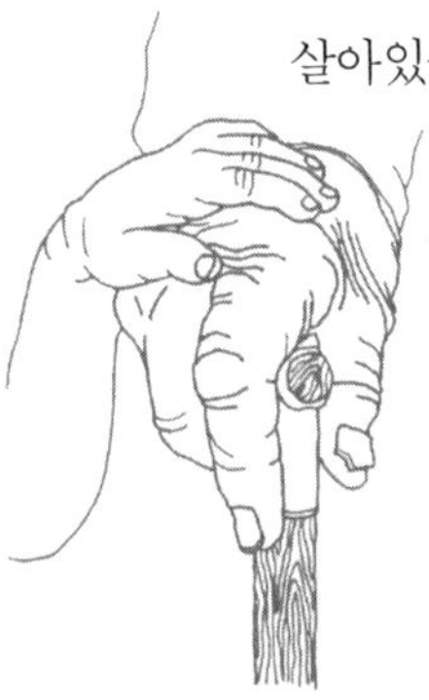

12. 사랑 노래를

넘치는 사랑 받으며 살아온 세월만큼이나
더 깊고 풍성한 사랑노래를 부르고 싶은데
메마른 세상에 매몰돼 열정이 식어버리고
안 해도 좋을 걱정에 묶여 감성도 무뎌지고
팍팍한 현실에 주눅들어 꿈마저 사라지고
밑 모를 우울에 점령당해 노랫말도 그치고
뭔지도 모를 섭섭함에 삐져 좌충우돌하다
사랑 노래를 바칠 사람도 그만 잃어버리고
답답함에 짓눌려 노래할 이유도 가물거려
도무지 어떤 사랑 노래도 부를 수가 없네

힘겨운 세월의 쌓인 무게에 고스란히 눌려
항상 부르던 사랑 노래도 부를 수 없는데
나의 닫힌 창가로 다가와 뜨거운 마음으로
오래 전에 듣던 사랑 노래 불러주시는 주님
익숙한 패배의 찌든 일상을 훌쩍 뛰어 넘어

잃어버린 처음 꿈과 사랑을 다시 일깨워서
함께 살아가는 모든 사람들과 만물들에게
사랑 노래를 감격으로 바치게 하시는 주님
오직 뜨거운 마음으로 주님과 그이들에게
다시 사랑 노래 부르게 하시는 나의 주님

13. 모두 떠나가도

언젠가 소중한 것들 모두 떠나고 홀로 남겠지
언젠가 소중한 것 다 남겨두고 홀로 떠나겠지
그리도 쓰라리고 휑덩그런 마음 덤덤해지겠지
모두 떠나가도 주님으로 채워지면 그러하겠지

떠나올 것 다 떠나오고 떠날 것 다 떠나갈 때
어쩌면 다 이루었든, 하나도 이루지 못하였든
무엇이 돼 있든 아니든, 홀로여도 담담하겠지
모두 떠나가도 주님으로 세워지면 그러하겠지

14. 기쁨에 겨워

날고 싶어, 날고 싶어
미치도록 날아오르고 싶었는데
상한 날개, 꺾여버린 날개로는
도저히 날아오를 수가 없더구나!

날 수 없는 절망과 비애에 젖어
추락하며 어둠 속을 헤매었는데
생명과 치유의 손길이신 주님이
비둘기 날개로 내려오시더구나!
하늘도 날고 땅도 사람도 날고
만물이 춤추며 날아오르더구나!

날고 싶어, 날고 싶어
너무나도 날아오르고 싶었는데
이제 주님과 함께 기쁨에 겨워
새 하늘 새 땅을 날고 있더구나!

15. 그 마음

한 잎 한 잎 어지러이 흩어지는 꽃잎
왠지 남 일 같지 않아 하염없이 서러워
늘어나는 한숨, 점점 굳어지는 쇠고집
어디에서도 따뜻한 위로받을 수 없어
쓸 데 없는 애착에 더 외롭고 쓸쓸해져
홀로 버려진 걸로 자처하며 곱씹다가
그도 지나 모든 게 시큰둥 힘을 잃고
다 무너진 듯 허무해지기만 하는데

애써 기다려 풀린 대지에 새싹 돋고
꽃피는 봄날이 다시 오면 나아지려나
그리한 데도 이 겨울은 어찌 견디나
손 놓고 힘없이 허공에 기대 서 있는데
그지 아무렇지도 않게 어느새 다가와
시든 마음 촉촉이 어루만져 꽃피우는
누군가를 닮게 하는 그 마음 그 손길

손 내밀면 와 닿는 그 마음 그 손길

16. 가시나무 꽃

내 바로 옆에는 고혹적인 장미가 피고
멀지 않은 자리엔 백합 향기 진동하고
내 주변엔 이름까지 멋진 온갖 꽃들이
세상에 아름다움을 더해보려 애쓰는데
나는 그저 부럽고 시샘 가득한 마음에
스스로를 추스르기 참으로 힘들었어요

나는 내 이름을 아는 사람도 거의 없고
꽃으로도 보지 않는 한낱 가시나무 꽃
아무도 내 곁엔 심기고 싶지 아니하고
나도 그들 곁이 늘 미안하고 불안하여
숫제 꽃이라는 버거운 이름 내려 놓고
숨어버리고 싶던 가시나무 꽃이었어요

정녕 나만 사연 많은 꽃인 줄 알았는데
가끔 선혈 같은 장미의 슬픔 엿들으며

고혈 짜내는 백합의 고통을 지켜보면서
제 나름 숨겨진 자책과 탄식을 들으며,
꽃 그것도 가시나무 꽃으로 산다는 게
더 무겁게 다가와 너무 고민 되었어요

너는 내 머리에 씌워진 가시면류관이라
그 말씀 전에 나는 아무 것도 아니었고
존재 의미도 그 무엇도 알지 못하였는데
이제 말씀에 따라 내 곁의 그 이들처럼
나 또한 주님 안에 주님 위해 살아가는
소중한 꽃임을 열심 간증하게 되었어요

17. 누가 알까

점점 목소리 굵어지고 몸매 펑퍼짐해지고
웬만한 일엔 꿈쩍도 않는 아줌마가 되어도
진정 여자이고 싶은 이 내 마음 누가 알까
닳고 닳아 세상사 통달한 듯 행세를 해도
스스로 이게 뭐야 고개 절래 절래 흔들며
언제나 마음엔 그때 꽃띠 여자이고 싶은
이 내 마음 그 누가 알까

사랑받는 아내, 존경받는 엄마도 감사하고
누구나 부러워하는 성공한 여성도 좋지만
우선 여자이고 싶은 이 내 마음 누가 알까
무심한 세월 아리따운 모습 다 사라졌어도
가장 눈부시게 아름다웠던 그 고운 시절의
속눈썹 하나만이라도 그대로 지키고 싶은
이 내 마음 그 누가 알까

십자가 밑에서 울고 있는 엄마를 “여자여”
부르시던 주님은 그 마음을 알아서였을까
여자이고 싶은 이 내 마음도 주님 아시겠지
어떤 자리에서든 처음 지으신 내 여자 모습
친히 기억하시고 내 마음 다 읽고 계시겠지
그래 더 사무치게 주님만을 사모하게 되는
이 내 마음 그 누가 알까

18. 우물가에서

그 때 그 일들 그 지나간 일들로
너무 오래 자꾸 괴롭히지 마세요
속죄할 일도 오해를 살 만한 일도
쓰린 추억도 누구나 있을 법한데
그걸 오래 붙들고 힘들게 마세요
감추고 싶은 일들 다 안다고 해도
한 번 두 번 끊임없이 되풀이 해
당신들 마음대로 하려하지 마세요

숨을 곳도 없는 대낮 우물가에서
있는 그대로 받아주시던 주님처럼
지난날 아픔 알기에 더 감싸 안고
새로 태어나게 해 줄 수는 없나요
목숨까지 내주며 사랑할 수 있게
그리 바라는 건 지나친 욕심일까요
그 사랑에 기대 많이 뻔뻔해져도

흔쾌히 다 용납해줄 수는 없나요

19. 나를 넘어

별다른 큰 꿈이 있었던 것도 아닌 것 같은데
세월 흐른 지금 그래도 이런 건 아닌 것 같아
남모르게 한숨도 쉬고 격렬한 회의에 떠밀려
음습한 우울에 스스로 결박하여 감금하고서
밑 모를 우울의 무저갱으로 한없이 추락하니

진정 나를 잃어버린 것 같아 속상하고 우울해
자아실현 길 없을 것 같아 무기력하고 우울해
결국 아무 것도 아닌 것 같아 씁쓸하고 우울해
끝내 무너져 폐기될 것 같아 부끄럽고 우울해
함께 울 사람도 없는 것 같아 눈물겹고 우울해
얽힌 올무 풀 수 없을 것 같아 힘겹고 우울해
무엇도 바뀌지 않을 것 같아 소망 잃고 우울해

길도 모르고 진리도 모르고 생명은 아주 없어
내게 갇힌 내가 나를 넘어 다시 태어나야 하리

그때 작고 소박한 꿈도 아름답고 벅찰 터이고

꿈이 이루어지든 아무도 모르는 꿈으로 남든

우울의 무저갱에서 벗어나 평안이 넘쳐나리니

20. 채송화

어쩜 이토록 곱고 다양한 빛깔로 예쁠까
아무도 주목하지 않는 설움을 날려 보내려
보이지 않는 데서 혼신의 힘을 다하였구나
남모르는 상처와 아픔을 여러 고운 색깔로
앙증맞게 웃는 얼굴로 거듭나게 하였구나

태양 작열하여 모든 게 시들한 염천에만
스스로에게 볼 붉혀 미소로 피어나는구나
불덩어리 주님의 사랑을 힘입고 감격하며
아무도 알아주지 않아도 지극한 사랑으로
오직 사랑을 위해서 홀로 피었다 지는구나

뜨건 땡볕에 함께 호흡하며 손잡지 않으면
황홀하게 찬란한 기쁨에 참예할 수 없는데
어떤 자리에서도 괜시리 서러워하지 마라
너의 사랑이신 주님, 늘 너와 함께 하시니

채송화 닮은 너는, 너는 참 행복하겠구나

21. 마음 나무

당신을 생각하며 포도나무를 심었어요
무화과, 감도 당신 때문에 심은 거예요
당신 아니라면 사과, 복숭아, 매실나무,
거기에다가 키위도 그렇게 심었겠어요
비파나무 가꾸고 대문 옆에 하귤 심고
능소화, 산당화, 붓들레아로 꾸민 것은
바로 당신을 사랑하는 나의 마음이어요
모두 제몫하며 아름다운 열매 맺는 게
나의 기쁨, 나의 보람, 나의 힘이예요

그래 태풍이라도 불려면 노심초사하고
가뭄이 오면 세세히 손볼 일 늘어나고
벌레라도 꼬이게 되면 더욱 분주해지고
병들고 낙과라도 생기며는 가슴 아프고
가지치기 할 때는 한없이 망설여지고
그냥 며칠 자리 비우기도 망설여지지만

아무리 한들 내 주님 마음만 하겠어요

하지만 이걸 그이가 몰라주면 속상한데

그래도 주님은 빙그레 웃어주시겠지요

22. 칭얼칭얼

팔랑팔랑

손에 붙잡힐 듯 붙잡힐 듯

꿈속에서도 못 다 이뤄진

소녀의 빛나던 노랑나비 꿈

심쿵심쿵

너무나 안쓰럽고 안쓰러운

신혼 속에서도 시름 깊은

새댁의 소박한 동박지기 노래

시큰시큰

정말로 쓰리고도 한스러운

일상 삶터에서 배인 설움

중년 백조들의 서글픈 춤사위

꿍얼꿍얼

끝없이 웅얼대며 칭얼대는

뒤틀린 여정의 고된 흔적

아 노랑나비, 동박지기, 백조

새롱새롱

맘 열고 주고받고 읊조리며

어울려 위로하고 의지하며

함께 있음만으로 위안 되느니

23. 긴 호흡으로

이제 진심으로 말하고 싶어요. 그때 참 미안했다고
이젠 거리낌 없이 말할 수 있어요. 그땐 죄송했다고
너무 늦은 것 같지만 그래도 말하지 않을 수 없어요.
왜 그리 미련하고 고집스럽고 용기를 내지 못했는지
그때 나 때문에 너무나도 아프고 힘겨웠을 당신에게
참 미안했다고 이제야 말하게 되어 정말 죄송하다고

사랑엔 미안이 없다하지만 그렇게 큰 사랑이 못되는
부족한 그 사랑 때문에 미안하다고 고백하고 싶어요.
용서받고 위로받고 더 사랑받고 싶어서만은 아니에요
나 못지않게 상처 받은 당신에 대한 최소한 예의고
그리해야만 온전한 사랑이 자랄 수 있기 때문이에요
그리해야 자유로운 복된 사랑이 자라기 때문이지요.

왜 내가 먼저 그래야 하는지 머뭇거려지기도 하지만
거절당해 무안하고 후회해도 보다 나은 인생을 위한

소망의 씨를 뿌린 뿌듯함과 평안함이 자라날 거예요

오랜 가뭄 끝에 단비 내린 후 맑아지고 높아진 하늘

되살아난 이파리들처럼 고맙고 사랑스러워질 거예요

생명 살리는 긴 호흡으로 좀 더 사랑하게 될 거예요

24. 그 날

그 날 산야에 내린 눈은
풀린 능선과 지친 골짜기에
참 검박한 수묵화 그려내고
푸석해진 강가 갈대 사이에
눈부신 설화 가득 꽃피우고

그 날 바다에 내린 눈은
내린 듯 만 듯 흔적 없어도
내쳐 토라진 물결 치유하고
검게 멍든 갯바위 위무하고
시든 바다생명 다 살려내고

그 날 마음에 내린 눈은
나를 너답게 피어나게 하고
너를 나답게 살아나게 하는
끝없는 열정과 기쁨과 은총

만물에게 복되는 복의 근원

25. 당신 곁에

바람이 머물면 바람일 수 없는데
그래도 당신만을 위한 바람으로
사랑하는 당신 곁에 머물고 싶어

꽃향기 흐트러져야 꽃향기일 텐데
그래도 당신만을 위한 꽃향기로
사랑하는 당신 곁에 머물고 싶어

험하게 망가진 우리 곁에 계시려
다 내려놓고 비워지고 낮아지신
사랑하는 주님 그 낯선 사랑처럼

〈추천사1〉

가슴이 시리고 아픈 이들,
삶이 허무하고 지친 이들을 보듬고

강명식*

오래 전 주찬양 선교단에서 사역하던 시절, 유럽 찬양선교 여행 중 서성환 목사님을 처음 만나게 되었다. 집회 일정 내내 목사님의 섬김으로 평생에 잊지 못할 귀한 시간들을 보냈다. 사역을 마무리하고 헤어질 때, 목사님은 아직 출판되기 전의 시 모음집을 선물해 주셨다.

거기 수록되어 있던 〈승리〉, 〈묘지대화〉, 〈침묵의 언어〉등의 시들은, 선교적인 삶과 사역의 부르심을 놓고 고민하던 내게 많은 영감과 도전을 주었다. 이후 쓰신 〈하나님 아버지〉, 〈이치〉와 같은 시들은, 사역 중의 어려움과 갈등으로 힘겨워하던 내게 주시는 위로와 치유의 응답이었다. 한 편 한 편 귀한 시들을 묵상하며 기도하는 가운데, 시의 메시지는 나의 고백이 되었고, 어느새 멜로디가 떠올랐다. 목사님의 시들을 노래에 담아내는 작업들을

*찬양사역자, 숭실대학교 음악원 현대 교회음악과 교수

통해서, 시에 담긴 메시지가 많은 분들을 위로하고 돕게 된 것은 참으로 기쁘고 감사한 일이었다.

새롭게 출간되는 『너를 보듬고 나를 보듬고』에 수록되는 시들은, 이전의 시들과는 또 다른 느낌으로 다가온다. 전해주신 시들을 읽으면서, 자주 솔로몬의 전도서가 떠올랐다. 분주한 일상, 인생의 성취와 열매들로 다 채울 수 없는 헛헛함, 외로움과 고독 앞에 발가벗겨져 서 있는 인간 존재를 직면하게 해주었다. 힘겹지만 정직한 모습으로 하늘 소망을 다시금 붙드는 아담과 하와의 모습…. 이 귀한 시들이 가슴이 시리고 아픈 이들, 삶이 허무하고 지친 이들에게 큰 위로와 새로운 소망이 될 것이라 기대한다.

<추천사2>

'너를 보듬고, 나를 보듬고', 그 보듬는 독해법

김민석*

내 나이 또래의 중년 남성들을 만나게 되면 늘 비슷한 감정을 느낄 때가 있다. 모인 사람도 다르고 만난 장소도 다르지만 그들은 누구나 할 것 없이 다들 외로워 보였다. 다섯 명의 중년 남자들은 너나 할 것 없이, 화제를 선점하려고 하는데 대부분 자신의 이야기만 할 뿐, 같은 자리에 있는 다른 사람들의 이야기를 주의 깊게 경청하며 듣는 사람은 거의 없었다. 자신이 얼마나 힘든지, 자신이 얼마나 대단한지, 자신이 얼마나 고생했는지, 자신이 얼마나 매력적인지, 소재는 다르지만 주제는 늘 '나 자신'의 이야기였다. 좀 더 정확하게는 '내 얘기 좀 들어줄 사람 없습니까?'라는 것이 맞을 듯하다. 그러다보니 그들이 모여 세 시간을 이야기하건 여섯 시간을 이야기하건 소위 대화라는 것이 있다기보다 자기 독백만 가득차게 되었다. 그리고 그들의 모습 속에서 나의 모습도 발견했다. 그 누구에게도 관심받

*미국 Pulzze Systems 한국 지사장

지 못하는 40대 중년 아저씨의 모습을.

『너를 보듬고 나를 보듬고』를 읽기란 쉽지 않았다. 작품이 어렵게 쓰여졌다거나 공감이 안 되서라기보다, 40대 남성의 마음의 갑옷을 내려놓기가 쉽지 않아서였다. 일부러 조용한 곳에서 아무런 방해를 받지 않을 환경을 만들어서 읽기 시작했지만, 여전히 내 마음속 수퍼맨, 불굴의 전사, 고통의 정복자 역할을 내려놓고 마음 문을 열기까지는 시간이 꽤 많이 걸렸다. 아무래도 잘 읽혀지지가 않아서 두 번 정도 읽고 난 다음, 일부러 천천히 소리를 내어 읽기 시작했을 때였다. 그러다가 갑자기 불현듯 목이 메어 말을 이을 수 없는 구절이 가슴을 쳤다. 한 편 한 편 나를 잘 알고 있는 누군가가 내 마음을 들여다보고 던지는 구절들이 있었다.

아마 지금보다 삼사십 년쯤 더 지나 미래의 내가 현재의 나에게 '그래, 내 마음이 이러했지?'라고 던지는 공감이었고, 위로였고, 연대감이었고 붙잡음이었다. 가장 밑바닥을 버티고 있는 나에 대한 위로와 공감으로 시작하여, 또한 나와 같은 시절을 지나고 있는 다른 이(너)가 있고, 위로와 공감은 나에 머물 것이 아니라 타인으로 흘러가야 한다는 연대감으로 이어지고, 이 모든 여정의 시작과 끝은 완

벽한 사랑이신 주님의 붙잡음이라는 것을 느낄 수 있었다.
이 작품을 읽는 모든 분들이 부디 마음을 열고 천천히 나를 만나고 너를 만나고 우리를 만나는 솔직한 발걸음을 용기 있게 내딛기를 바란다.

<추천사3>

이 땅의 아담과 하와에게 보내는 위로의 노래

류정길*

시(詩)를 일컬어 언어(言)로 쌓아올린 사원(寺)이라고 하듯 서성환 목사님의 시는 아담이 하나님 앞에서 드리는 간구이며 고난의 세월에 대한 하와의 눈물이며, 우리가 걸어온 길에 대한 성찰이다. 절제된 언어들의 표지판을 따라 걷다보면 깊은 실존적 고뇌의 숲을 지나고 아픔과 부끄러움의 강들도 건너며 소망과 기쁨의 새떼도 만나고 마침내 우리들의 자화상과 마주하게 된다.

시를 읽으며 많이 놀랐다. "아, 우리가 같은 눈물을 흘리고 있구나! 아, 우리가 같은 상처를 가지고 있구나! 아, 우리가 같은 외로움을 느끼고 있구나!" 다른 듯 그러나 닮아 있는 이 시대의 아담과 하와를 위해 목사님이 보내는 위로의 토닥임 속에서 하나님의 온기를 느낀다. 하늘을 올려다보다 문득 같은 하늘 아래 그 사람이 있다는 것만으로도 위로가 되는 순간이 있다. 그런 위로를 경험하게 해준

* 제주성안교회 담임목사

시인에게 감사드린다. 그래서 이 글의 마지막은 서성환 목사님의 시로 마무리하련다.

"오로지 하나 뿐인 단 한 번뿐인 / 너도 너를 보듬고 / 나도 나를 보듬고 / 마침내 서로를 모두를 보듬는 / 흥그러운 아름다운 세상으로..."

(〈너를 보듬고 나를 보듬고〉 중에서)

〈해설〉

고장난 세상을 치유하는 마법의 언어

구미정*

1.

용서하세요, 서 푼어치 지식으로 아는 척하는 오지랖을. 구약성서학자 월터 브루그만이 어디선가 이런 말을 했다네요. 교회의 사명은 '산문 일색의 무미건조한 세상에서 시를 창조하는 것'이라고요. 그러니까 복음이 케케묵은 소리로, '텅 빈 진리'로 전락하게 된 원인을 그는 '시의 쇠퇴'에서 찾고 있는 모양이지요.

이른바 계몽의 시대 이후로 이성이 맹위를 떨치고, 설상가상 기술 위주의 사고방식이 판을 치게 되면서 '신비로움'이 골치 아픈 문젯거리인 양 취급되었잖아요. 이렇게 신비가 소거된 채 천편일률의 공식으로 짜인 세상을 그는 '산문체' 세상이라 부릅니다. 반면에 그가 생각하는 시는 단순히 "운율이나 리듬 혹은 박자를 의미하는 것이 아니라, 밥 깁슨의 속구처럼 움직이는 언어, 곧 제때 위로 솟아올라서 뜻

*숭실대 초빙교수, 《이제 여기 그 너머》 편집인

밖의 속력으로 낡은 세계를 깨뜨려 활짝 열어주는 언어"를 뜻한답니다. (Walter Brueggemann, Finally Comes the Poet, Minneapolis: Fortress Press, 1989: 3쪽)

밥 깁슨이 누군지 몰라도 상관없어요. 다만 시는 전설적인 투수가 던지는 변화구처럼 단조로운 일상에 균열을 일으킨다는 통찰이 중요해요. 이런 관점에서 보면 예수님은 천생 시인이시지요. 활기 넘쳐야 할 신앙이 고리타분한 신조로 축소된 1세기 팔레스타인 세계에 홀연히 강림한 시인! 로마제국이 설파하는 기계적인 산문에 얽매인 사람들에게 생생하게 살아 움직이는 시적 언어로 '그 너머'의 세상을 열어젖힌 이야기꾼!

아하, 이제 알겠어요. 고대 이스라엘 사람들이 어째서 시를 사랑했는지를요. 구약성서 서른아홉 권 가운데 시가 하나라도 들어가 있지 않은 책은 고작 일곱 권밖에 안 된다지요. 삶이 고단하니까 시에 기대는 거예요. 삶이 고단할수록 시가 샘솟는 거예요. 바빌론 포로기 이후, 사로잡혀 갔다가 돌아온 이들이 예루살렘 성전을 다시 세울 무렵에 가장 먼저 한 일도 시를 모아 엮는 일이었다잖아요. 그렇게 시를 곱씹으며 '영의 양식'을 삼았던 것이지요.

2.

시인 서성환 목사님의 시를 읽자니 이 시대를 살아가는 '중년'의 신산한 삶이 고스란히 손에 잡힙니다. 위로는 노년에 이른 부모세대에게, 아래로는 유소년기를 지나 청년에 이른 자식세대에게 든든한 버팀목이 되어야 하는 남녀들. 이 '무거운 짐'을 지고서 아래위로 치이느라 정작 자기 자신은 무방비 상태로 내팽개쳐둔 사람들. 이름하여 "허깨비 아담"과 "허깨비 하와"를 향해 시인이 말을 거네요.

"손안에 가득한 열쇠 꾸러미"(〈호주머니도 없는〉)가 자신의 존재를 증명해줄 것이라 믿어 "앞만 보고 여기까지 달려왔는데/어느 날 갑자기 마음이 울컥"(〈마음 열고〉), "점점 더, 할 수 있는 것들은 줄어들고/ … / 해야 할 일, 어려운 과제는 가중돼 가고/ … 채찍보다 무서운 책임"(〈수퍼맨의 비애〉)에 질식할 것 같은 가엾은 중년 사내가 바로 우리 시대의 "허깨비 아담"입니다.

"한가로운 시간에 심하게도 뒤틀려버린/잘난 인생계획표를 물끄러미 바라보며/…/정말 인생후반전이 있기는 있는 걸까"(〈조바심〉) 읊조리는 초조한 심정이 고스란히 전달되네요. "순간순간 해일처럼 닥쳐오는 낙담에/마음은 날로 핍절해지고 황폐해지며/살아가게 하는 감동을 앗아만 가는데"(〈말씀 따라〉) "호랑이 등에 올라탄 사람 내릴 수 없듯/광란 질주에 뒤지면 죽을 것 같아"(〈춤추지 마라〉) 이러지도 저러지도 못하는 속수무책의 이 사내를 도대체 어찌해야 할까요.

그런 아담 곁에 있는 "허깨비 하와" 역시 대책이 없기는 마찬가지입니다. "그림자도 없는 그늘에서만 살다보니/왠지 사는 게 사는 것 같지가 않아"(〈오래된 그늘〉) "텅 빈 광야에 홀로 내 버려진 당혹감/이젠 쓸모없어져 폐기된 듯한 낭패감/누구도 아무도 알아주지 않는 야속함/정말 설명하기 어려운 미묘한 야릇함"(〈우울의 사냥꾼〉)에 속울음만 삼키고 있네요.

아, 이 대목에서 저도 모르게 '운율 대박'이라고 외친 사연을 고백해야겠습니다. '힙합 스웨그'로 무장한 채 속사포 랩을 쏟아놓는 시인-목사님을 상상하면서 혼자 키득거린 일화도요. 동의하기 어려우시면 〈칭얼칭얼〉을 읽어보셔요. "팔랑팔랑, 심쿵심쿵, 시큼시큼, 꿍얼꿍얼, 새롱새롱" 온갖 어찌씨의 향연을 발견하실 거예요.

목회를 오래 하다 보면, 아무리 '화성에서 온 남자'라도 어느결에 '금성에서 온 여자'의 언어를 저절로 알아듣게 되나 봅니다. 아니, '저절로' 될 리가요. 본래 모국어 이외의 언어를 습득하려면 치열한 공부가 필요한 법이지요. 목회 현장에서 만나는 여성들의 일상에 깊은 관심을 기울이면서 그

속내에 공감하려는 부단한 애씀이 없고서야 어찌 "허깨비 하와"의 실상에 다가갈 수 있겠는지요.

"점점 목소리 굵어지고 몸매 펑퍼짐해지고 / 웬만한 일엔 꿈쩍도 않는 아줌마가 되어도/ 진정 여자이고 싶은 이 내 마음 누가 알까 / … / 사랑받는 아내, 존경받는 엄마도 감사하고 / 누구나 부러워하는 성공한 여성도 좋지만/우선 여자이고 싶은 이 내 마음 누가 알까"(〈누가 알까〉) 이런 시를 쓰는 남성이라니, 그것도 목사님이라니! 여성이 다수인 한국교회에서 '여성친화적인 목회'를 하려면 '의식의 성전환'을 단행하는 모험이 필수가 아닐는지요.

사실로 말하면, 힘든 사람의 넋두리를 들어주는 것만으로도, 그의 답답한 마음을 알아주기만 해도 숨통이 좀 트이는 법이지요. 그러나 서 목사님의 시는 그 수준에 머물지 않습니다. 살짝 트인 숨구멍 안으로 시원한 하늘 바람을 끌어들입니다.

이를테면 "허깨비 아담"을 위한 맞춤 처방은 이렇습니다. "속도와 정욕과 풍요 / … / 성공과 출세와 안락"(〈춤추지 마라〉)은 다 부질없는 탐욕의 찌꺼기인 것을 깨달으랍니다. 하기야 그런 것들을 좇아 살면 굳이 '그리스도인'일 이유가 없지요. 잠시 곁눈질을 할 수야 있겠지만, 그리스도인은 아무래도 그리스도의 십자가를 향해 걷는 사람이어야 하니까요. "실패도 품어 안는 십자가의 엄혹함과/참담한 패배에서 꽃핀 부활의 신비"에 눈을 뜨면 "받아들일 수 없는 좌절도 승리의 일부/두렵고 불안하고 혼란스런 자괴가 없는/그런 오롯한 승리"(〈실패도 품어 안는〉)를 맛볼 수 있지 않겠냐고 나직이 권면합니다.

"허깨비 하와"는 어떤가요. "나 자신 아닌 다른 이름으로 불리던/그 아련한 세월을 단번에 뛰어넘어서"(〈내 이름〉) 본래의 이름을 찾으려고 애써야 한답니다. 마치 누가복음 15장에 나오는, 잃어버린 한 드라크마를 찾으려고 등불을 켜 들고 집안 곳곳을 쓸며 다니는 여인처럼요. "자라지 못한 아름답기만 한 꿈들/이루지 못한 아름답기만 한 비전"(〈꿈 앓이〉)에 발목이 잡히면 우울의 늪에 빠지기 마련. 이른바 자아실현보다 더 값진 건 '근원'으로의 회귀! 하여 시인의 눈길은 "보이지 않는 데서 혼신의 힘을 다"해 "남모르는 상처와 아픔을 여러 고운 색깔로"(〈채송화〉) 피워낸 꽃 한 송이에 머뭅니다. "아무도 알아주지 않아도 지극한 사랑으로/오직 사랑을 위해서 홀로 피었다지는" 채송화에서 근원에 잇닿아 있는 존재의 비밀을 읽어냅니다. 이런 꽃들이 모여 "세상이 조금은 더 밝아지고/조금은 더 맛깔스러워지고/조금은 더 아름답게"(〈조금은 더〉) 가꾸어지는 것이겠지요.

3.

이런 삶의 지혜, 어디서 올까요. “아무리 뜨겁다 해도 이제는 지는 해 석양볕”(<늙는 고마움>) 아래서 지나온 생을 돌아보니 삶을 병들게 하고 갉아먹는 “독초들 … 해충들”까지도 “미처 몰랐던 주님의 손길임을”(<영광과 축복>) 깨닫게 되더랍니다. “어느 날 죽음이 가까이 와서/야릇한 미소를 짓는다 해도/늘 함께 하던 오랜 친구”(<새삼>)를 맞이하듯 그렇게 겁먹지 않을 수 있음은 “영원한 현재이신 곁에 계신 주님과 함께”(<아무리 힘겨워도>) 살아왔고 또 살아갈 것을 믿기 때문이랍니다.

이래서 그는 천생 목회자입니다. 굳이 검증할 필요조차 없이 그의 하루는 예수와 함께 걷는 걸음으로 가득하겠지요. 그런 걸음이 쌓여야 나이와 지혜가 비례하지 않을는지요. 어쩌다 서 목사님의 전화를 받으면, 하던 일을 멈추게 됩니다. 말이 빠른 저와 달리 목사님의 말투는 해 질 무렵의 소 걸음처럼 느릿느릿하지만, 오히려 그 느림 덕분에 한 음절도 허투루 들리지 않습니다. 아마 목회도 그렇게 해오셨고, 또 하고 계시리라 생각합니다. 남보다 빨리 성공해야 한다, 교회를 크게 키워야 한다, 다들 성공제일주의 복음에 영혼이 팔려 속도와 숫자와 규모를 숭배하며 내달릴 때, 목사님은 한없이 느린 걸음으로 걸어오셨고, 또 걷고 계시겠지요. “너를 보듬고, 나를 보듬고" 이 시집의 제목처럼, 오로지 하나뿐인 너와 나, 오로지 한 번뿐인 너의 삶과 나의 삶을 함께 보듬으면서 말입니다.

삶에서 가장 중요한 날은 어제나 내일이 아니라, 바로 오늘이라는 시어를 되새겨봅니다. "주님이 함께 하는 오늘"(〈오늘은〉), "있는 자리에서 자족하며"(〈있는 자리에서〉) 기쁘게 살아내되, "무한경쟁이 아닌 섬김 … 정죄보단 피흘린 용서 … 탐욕보단 나눔"(〈더 기대되는〉)을 실천하는 오늘이야말로 희망의 다른 언어가 아닐는지요.

주님, 내가 살아있는 동안
그래도 내가 세상에 있어
세상이 조금은 더 밝아지고
조금은 더 맛깔스러워지고
조금은 더 아름답게 해 주세요
…
내 뒤에 남겨진 사람들도
그리 살다 만나게 해 주세요.
(〈조금은 더〉)

이 시를 읽으며 '티쿤 올람'(Tikkun Olam)이라는 말을 떠올

렀습니다. '망가진 세상을 치유한다'는 뜻으로, 유대인들이 어릴 때부터 줄곧 듣는 말이라지요. 네가 태어나기 전의 세상보다 더 나은 곳으로 바꾸기 위해 하나님이 너를 보내셨단다. 이런 말을 듣고 자라는 아이들은 얼마나 복될까요.

4.

그래서 세상에는 시인이 더 필요합니다. 시에서 밥이 나오냐, 쌀이 나오냐, 눈 흘기는 사람들이 더러 있지만, 시인이라는 직업에 복무하는 이들조차도 '시인의 용도'에 종종 회의를 느끼곤 하지만, 그래도 시인은 반드시, 더 많이 있어야 합니다. 시인이 아니라면 우리네 비루한 일상을 하늘빛으로 수놓는 기적이 가당키나 하려고요. 시인이 아니라면 일상의 언어로 세상을 바꾸는 혁명이 어찌 가능할까요.

바라건대, 시인-목사님들이 많이 나왔으면 좋겠습니다. 아니 목회자가 되기 위한 필수코스에 '시인 수업', 뭐 그런 과목들이 생겨나야 한국교회가 살아날 듯싶습니다. 날카로운 의식을 시적 언어로 벼리는 과정은 또 하나의 죽음이니까요. 그렇게 날마다 자기를 죽이고 새롭게 부활하는 영적 씨름에 몰두하는 목회자라야 '둥근 평화의 사제'가 되지 않겠습니까.

이 시집은 시인 서성환 목사님의 영적 씨름의 결과

물입니다. 이 소중한 선물을 덥석 받아 송구합니다. 시를 낳는 일이 어디 보통의 수고여야 말이지요. 어느 한 시도 대충 넘어가 지지 않는 까닭은 모든 시가 기도요 사랑인 때문입니다. 해서 이 글에 미처 못 담은 시는 곁님들의 몫으로 남겨둘게요. 곱씹어 읽으면서 영혼의 양식으로 삼으시기를요.

물론 제 몫으로 숨겨둔 시도 아주 많아요. 그 가운데 하나가 〈가시나무 꽃〉인데, 왜 이 시에 끌리는지는 말하지 않을래요. 원래 소중한 말일수록 아껴야 하는 법이거든요. 언젠가 그대와 내가 뜨겁게 만나 삶의 한 자락을 함께 나눌 기회가 있다면, 아마도 그때는 말할 수 있을 거예요. 한 편의 시가 어떻게 사람의 마음을 녹이는지를.

<후　기>

하나님께서는 나를 목회자로 선택하시고 목회자로 살게 이끄셨다. 목회자로 산다는 것은 사람들 속에서 사는 것이었다. 사실 사람들 속에서 부대끼며 사는 것이 내게는 힘겨운 일이었다. 더욱이 목회자는 그냥 사람들 속에서 사는 사람이 아니라 사람들을 섬기며 돌보아야 할 사람이라는 걸 생각하면 나는 아무래도 부적격자였다. 그저 하나님의 은총을 힘입어 영광스러운 목회직을 수행하며 살아왔지만 항상 하나님께 감사한 마음과 죄송한 마음이 교차하는 걸 숨길 수 없다.

점점 나이 들어가면서, 그렇게 하려고 해서 그런 것은 아니지만 목회현장에서 만나는 40대, 50대 남성들의 삶을 들여다보게 되었다. 그들은 우리 사회와 교회의 중추로서 힘겨운 짐을 지고 있으나 어디서도 변변한 위로나 격려를 받지 못하고 그저 버텨내고 있는 모습이었다. 나이 들어가면서 그저 껍데기만 남아가고 있는 자신을 바라보면 어찌할 바를 모르고 당혹해 하는 허깨비 아담의 모습이었다. 물론 나 자신의 모습도 거기에 있었다. 안쓰러웠고 그들의 삶을 보듬어 주고 싶었다.

2011년 5월 하순 가정의 달을 마무리할 즈음에 이런 마음이 간절해져서 어느 날 강단 앞 기도 자리에서 엎드려 약 두 시간 만에 24편을 연작시 형태로 쓰게 되었다. 이것이 문학 형식상 정확히 연작시라고 할 수 있을지 잘 모르겠지만 40, 50

대 남성들을 위로하고 싶은 마음만은 연작시라 해도 무방할 듯 싶었다.

평소 마음을 나누는 40, 50대 남성 지인들에게 비평을 부탁했다. 많은 분들이 공감과 지지를 표해 주셨다. 문학적인 비평을 해 주신 분도 있었다. 수정과 보완을 해서 같은 시대를 살아온 여성들에게도 비평을 부탁했다. 많은 여성들이 따뜻한 감상을 전해주었다. 그러면서 40, 50대 여성들도 남성들 못지않게 이 같은 위로가 절실하다고 호소하면서 여성을 위한 연작시도 쓰라고 강권하였다. 사실 난감하였다. 여성들에 대해 잘 알지 못하기 때문이었다.

그래도 격려와 강권에 따라 열편 정도를 쓰고 전체 구상을 하여 문학을 전공하는 분에게 자문을 구해 보았다. 얼마나 신랄하게 비판하는지 도무지 글을 쓸 엄두가 나지 않았다. 그래 아무것도 쓰지 못하고 세월이 자꾸 흘렀다. 시간이 흐르는 중에도 가끔씩 처음에 격려해주시던 분들이 채근을 하셨다. 그분들의 말씀에 힘을 얻었다. 스스로에게 이렇게 격려하였다. “그래 내가 문학하는 사람도 아닌데, 문학적으로야 어떻든 그저 목회자의 마음으로 마무리하자” 그래도 여성들의 생각과 마음을 알고자 꾸준히 독서하고 대화를 하면서 조금씩 써 내려갔다. 쓰면서 여성들도 남성들 못지않게 힘들게 자신의 인생을 살아가고 있다고 느꼈다. 허깨비 하와의 모습이 거기에 있었다. 그들을 안쓰럽게 여기시고 보듬어 안으시는 주님의 마음이 점점 더 많이 다가왔다. 그런 마음으로 쓴 시들이어서 연작시라는 틀로 묶었다. 3년 여의 시간이 흘렀다.

우리의 40, 50대 남성, 여성들을 허깨비 아담들, 허깨비 하와들이라고 부르는 데에 동의하지 않는 분들도 많으리라 생각한다. 그저 같은 시대를 살아가고 있는 한 목회자 자신의 모습이라고 생각해주면 고맙겠다. 그런 진솔한 마음의 나눔에서 어쩌면 진정으로 우리 주님께서 기뻐하시는 아름다운 삶이 꽃피워질 수도 있다고 감히 소망해보는 것이다. 살아갈 힘이 되는 위로는 그렇게 다가오는 것이 아닌가 생각해 본다. 이런 작은 마음의 나눔 속에서 우리 주님은 위로도 해 주시고 새로운 삶으로 나아가게 해 주실 줄 믿는다.

출판은 엄두도 내지 않았다. 가까운 분들과 나누어 보고, 힘들어하는 우리 시대의 중장년 남성들과 여성들과 나누었다. 노래를 만드는 분들에게도 건네 보았다. 혹 노래가 된다면 좀 더 친밀한 위로가 여러 사람들에게 전달되지 않을까 하는 욕심에서였다. 그렇게 여러 해가 지났다. 일곱 해가 지났을 때 (2018. 가을), 어쩌다 다시 읽게 되었는데 부족한 점이 많이 눈에 띄었다. 부끄러웠다. 그래 조금이라도 부끄러움을 면하고 싶어 좀 더 다듬어 보기로 했다. 어떤 것은 개작 수준이 되기도 했다. 조금 분칠한다고 더 나아지랴 싶었지만 그래도 그동안 읽어주신 분들, 분에 넘치는 격려를 해주신 분들에 대한 최소한의 예의라고 생각했다. 그리고 혹 새로 읽게 되는 분들에게는 좀 더 편하게 읽을 수 있게 돕는 성의라고 생각했다.

그러다 어떻게 홍림의 김은주 대표님께 시 일부를 전해 드리게 되었다. 얼마 후 김 대표님이 출판을 제안하셨다. 망설이다가 출판을 하지 않아도 어차피 지금까지처럼 돌고 돌 시들이라 생각했는데 그동안 읽어 주시고 격려해주신 분들에게 보답하는 마음으로 출판하기로 결정했다. 출판은 역시 매우 어려운 일이었다. 시집 출판이 어려운 시절에 이 모든 어려움을 잘 극복하도록 이끌어주신 김 대표님께 큰 감사를 드린다. 아울러 해설을 써주신 구미정 교수님, 추천사를 써 주신 류정길 목사님, 강명식 교수님, 김민식, 최지윤 집사님께도 마음의 감사를 드린다. 분에 넘치는 사랑이었고, 이 분들이 있어 이 시집이 빛을 보게 되었다. 무엇보다도 40년지기 사랑하는 아내 양정녀와 든든한 버팀목 두 아들 진태, 진호+슬기에게 감사한다. 가족이 없었다면 이 시집은 나오지 못했을 것이다. 또한 사랑하는교회 성도들의 사랑과 제주사랑선교회 목사님들의 기도야말로 이 시집의 원동력이었다. 감사하고 감사한다. 이 모든 것을 주관하신 우리 주님께 모든 영광을 돌린다. Soli Deo Gloria !

평화의 섬, 선교의 바다에서

서성환 SDG !